KB275095

그림 없는 동시집

안녕, 엄지발가락

유진

첫 시집을 내면서

어느 날 저녁 무렵, 서정홍 농부 시인이 전화했습니다.
"남해도서관에서 시 공부 모임을 하게 되었어요. 이름 알리는 시 말고, 삶을 가꾸는 시 한번 써보지 않을래요?"
오래전부터 시를 써보고 싶었는데……. 그때부터 시를 품고 살았습니다. 밭일하면서, 하늘을 우러러보면서, 숲 길과 바래길을 걸으면서, 텃밭에서 딴 푸성귀로 밥상을 차리면서, 집에 찾아오는 길고양이와 이야기를 주고받으면서, 시는 자주 찾아왔습니다. 시는 지금까지 내 둘레를 맴돌며 이때를 기다린 듯했습니다.

저절로 찾아온 시를 잊어버릴까 봐 바로바로 공책이나 손전화에 썼습니다. 그렇게 쓴 시가 한 편 두 편 쌓여 이렇게 첫 시집을 세상에 내놓게 되었습니다.
이 시집이, 나무 한 그루를 베어 만들 만큼 가치가 있는지는 잘 모르겠습니다. 하지만 베어질 나무 한 그루를 생각하며 시를 다듬고 또 다듬었습니다.

시 쓰기의 길로 이끌어 준 서정홍 선생님과 동화 세상으

로 안내해 준 김재원 선생님, 그리고 자연을 대하는 자세
에 대해 많은 가르침을 준 최성현 선생님에게 고마움을
전합니다. 늘 응원을 보내는 이동진 선생님에게도 고마
운 마음을 전합니다.

 아름다운가게와 꽃피는학교에서 함께 했던 모든 분들에
게 머리 숙여 고마운 인사를 드립니다. 더구나 일과 공부
와 놀이가 하나라 여기며 함께 신나게 지냈던 꽃피는학
교 아이들이 있었기에 이 첫 시집이 나올 수 있었습니다.
우리 아이들, 참 고맙습니다.
 소중한 시간 함께 한 모든 분들에게도 고마운 마음을 전
합니다.

 작은 생명을 소중히 여기는 모든 분들과 이 시집을 나누
고 싶습니다.

밝은 불 손에 들고 차가운 길에 선 그대들을 생각하며

유진

차례

시인의 산문

작지만 멀리 나는 넓적부리도요, 원순씨를 그리워하며

1부

나무들의 수다

봄이 오면

햇볕이 오래 머무는 곳

올해 첫, 꽃이 핀다

우수 1
―이십사절기 가운데 두 번째 절기

겨울과 봄이 어울려 논다

추운 겨울은 아직,

집으로 돌아갈 생각이 없다

우수 2
—이십사절기 가운데 두 번째 절기

봄은 겨울이 가는 게 아쉬워

하얀 겨울을 꼭 안아 줍니다

연둣빛 두 팔 벌려서

정월 대보름에

정월 대보름에
달빛이 환하게 내립니다

그 달빛 무척 고와
살며시 손 내밉니다

손바닥에 내려앉는
환한 달빛

눈 감고
가만히 담아봅니다

하늘 맑고 푸른 날에

볍씨 한 톨 논에 심으면
천 개 넘는 낟알 만든다

이삭에 달린 낟알
하나하나는

하늘 맑고 푸른 날에
제 몸 감싼 껍질 벌려
두어 시간 꽃을 피운다

그리고
가만히 껍질 닫아
쌀 한 톨 만든다

어느 늦은 여름날

쨍쨍한 햇살 사이로

선선한 바람이 스며 붑니다

부추는 이때다 싶어

꽃대를 슬며시 올립니다

가을은 어디쯤 왔나?

입추
―이십사절기 가운데 열세 번째 절기

선선한 바람 펼쳐 가을을 읽는다

가을

마음도 여물 것 같은

참, 따스한 햇살

가을 햇살

긴 비가 그친 뒤

내리쬐는 가을 햇살을 보면

이것저것 서둘러 말리게 된다

가스레인지에 불을 켜 놓은 듯

서둘러 말리게 된다

가을밤

처서가 며칠 남지 않은

풀벌레 울음소리 몰려오는 밤

서늘한 바람이 좋아

가만히 눈감고

가을을 덮고 잠이 듭니다

단풍

잠들기 전 들려주는

나무들의 마지막 수다

늦가을에 숲길을 걸으면

사라락 차라락
차라락 사라락

살며시 눈감고
속삭여 보세요

사라락 차라락
차라락 사라락……

늦가을에는

곶감을 한번 만들어 보세요

주황빛 도는 단단한 감을 따다가
껍질 살살 돌려 깎아
처마 밑에 달랑 걸어 놓고
말라가는 감을 가끔 바라보세요

한껏 부풀었던 감에서
비님 먼저 빠져나가고
바람님 빠져나가고
새소리 물소리마저 빠져나가면

해님만 남는
짙은 가을빛을 닮은
곶감을 한번 만들어 보세요

입동
—이십사절기 가운데 열아홉 번째 절기

가을이 저 멀리

길을 나서면

국화 꽃내음

그 길, 따라나선다

어느새

봄에 핀 첫 꽃
아직, 눈에 선한데
어느새 겨울

2부

손에 손잡고

어느 밤

일에 지쳐
집에 돌아온 밤

반딧불이 한 마리
춤을 춘다

그 작고 작은 불에
위로받는 밤

임대 공고

처마 밑에 새집을 달고

임대 공고를 붙인다

임대료는 공짜

임대 조건은 아름다운 새소리

냉이

봄볕 따스한 날
텃밭에 나가 냉이를 캡니다

겨우내 자란 냉이는
뿌리가 깊습니다

"이제 좀 나오지그래."
"추운 겨울 힘들게 자랐는데 그럴 수야 없지."

실랑이 끝에 뿌리가 툭, 끊기면
그 뿌리 한참 들여다봅니다

어느 봄날

아기 손 같은
고사리 새순은

꽃내 할머니를
아침 일찍 불러냅니다

할머니 휘어진 등은
어느새 고사리 새순을 닮았습니다

손에 손잡고

완두콩 처음 심고
집 건너 밭을 둘러보니
모두 지주대를 세운다

토종 씨앗 온라인 모임에
글을 올렸다

-완두콩은 지주대를 세워 줘야 하나요?

다음날 글이 하나 달렸다

-저는 그냥 둡니다.
완두콩끼리 손을 잡고 크더라고요.

일기예보

긴 가뭄 끝에
기다리고 기다리던 비가
일기예보에 잡혔다

비 오기로 한 날은
점점 다가오는데
비 올 확률이 자꾸 낮아진다

내 정성이 모자라서
그런가 하고
밤마다 달님에게 기도를 한다

잡초와 잡놈

친구가 놀러 와서 말했다
꽃밭에 잡초가 참 많네

친구에게 말했다
잡놈이 말이 참 많네

야!
왜 욕을 해

잡초라 하길래
잡놈도 욕이 아닌 줄 알았지

뜨끔

한가위 새벽
일찍 일어나 고향 다녀왔다

다음날 너무 피곤해서
일하기가 싫다

오늘 하루는 쉬어야지 하면서
텃밭을 슬슬 둘러본다

배추 모종이 어느새
쑥 자라 내게 말한다

와, 니는 쉴라꼬?

수수밭에서

늦가을 어느 날
수수 이삭이 여물어 가는 집 뒤 밭에서
꿩 울음소리 평화롭게 들린다

창문으로 고개 내밀어
"꿩이 놀러 왔나 보네. 어디에 있니?"

밭 부치는 어르신이 얼른 쫓아와 소리친다

"훠이! 훠이! 뭐 한다꼬 여기 있노?
확 잡아 무 삘라."

찬 서리 내린 어느 날

동천 할아버지가 길 건너 작은 텃밭에 힘겹게 고구마를 심고는, 전동휠체어를 타고 집으로 돌아갑니다. 동네 산책하러 나서는데 잎 하나 겨우 붙어 있는 작은 고구마 모종 한 포기가 할아버지 텃밭 옆에 버려져 있습니다. 그 모습 안타까워 집으로 데려와 텃밭 구석에 심었습니다.

찬 서리 내린 어느 날, 텃밭 구석에 무성한 잎을 단 고구마 줄기가 눈에 띕니다. 웬 고구마 줄기지? 아아, 몇 달 전 길 건너 텃밭에서 주운 고구마 모종이 떠오릅니다. 호미 들고 땅을 파니 고구마 여러 개가 줄줄이 얼굴을 내밉니다.

나도 모르게

대설 둘째 날
뿌리 깊이 내린 의성배추를 뽑습니다

힘껏 호미질하는데
겨울잠 자던 도롱뇽 한 마리
흙더미에 딸려 옵니다

두근거리는 마음으로
이리저리 살펴보니 다친 데는 없습니다

쥐고 있던 호미 내려놓고
나도 모르게
두 손 모으고 하늘을 바라봅니다

배추흰나비 애벌레에게

나를 기억하니? 네가 배춧잎에 구멍을 내고 있어서 구석에 있는 배추 한 포기에 옮겨 주었지. 너희들 걱정 없이 먹고 살라고. 사람들은 애벌레인 너를 해로운 곤충, 배추흰나비로 자라면 이로운 곤충이라고 하더구나. 애벌레인 너희들이 없으면 나비도 없을 텐데 말이야. 번데기로 차디찬 겨울을 보낸 뒤, 너의 예쁜 모습을 보여다오. 기꺼이 배추 한 포기 내어줄 테니.

재개발

밭에 풀을 매다
눈에 띈 거미집 걷어내며

'미안하다, 거미야.
새로운 집 다시 지어라.'

말하려다 얼른 입을 다문다

재개발 한다며
오랫동안 터 잡아 살아온 사람들
쫓아내는 모습이 떠올라서

나도 농부

열 평 남짓 되는 작은 텃밭이라
농사와 농부라는 말은
쓰지 않으려고 하는데

손바닥만 한 텃밭에서도
큰 농사지을 수 있다고 한다

최성현 산골 농부도
서정홍 농부 시인도
당신도 농사짓는 농부라고 한다

남의 집 파리

　도시에 살 때는 일주일에 돼지국밥 두세 번 먹던 내가, 지금은 채식하며 자연에서 삽니다.

　남해에 이사를 오면서 잠자리채를 샀습니다. 집 안에 들어온 파리나 벌레를 살려서 밖으로 내보내기 위해서입니다.

　그런 내가 남해 옥수수빵 가게에서 사장님이 파리채를 들면, 합천 글쓰기 반에서 하루님이 파리채를 들면, 우리 집 파리가 아니라서 아무 소리 못 하고 마음만 두근두근합니다.

함께 산다는 건

엄마를 잃어버린 새끼 길고양이

마당에 집을 만들어줘 함께 지낸다

꽃밭에 뛰어노는 새끼 길고양이

애써 피운 수선화 꽃대 부러뜨려도

텃밭에 뛰어노는 새끼 길고양이

겨우 싹 틔운 고추 새싹 밟고 지나도

한숨 한 번

길게 내쉬고 만다

문득

노란 길고양이 나리가
올해 첫 뱀을 잡았다
새끼 뱀이다

길고양이 덕분에
뱀 걱정은 잊고 산다

그런데 문득
엄마 뱀이 떠오른다

이래도 걱정
저래도 걱정

헛웃음

뒷다리를 심하게 다친 길고양이 얼룩이가
치료한 지 며칠 뒤부터 배가 불러왔어.

수의사가 얼룩이 배를 보더니 말했어.
"임신 확률이 99퍼센트입니다."

눈앞이 캄캄했지만 어쩔 수 없었지.
얼룩이를 방 안에서 돌보기 시작했어.

새끼 낳을 날이 가까워지자
걱정되기 시작했어.
이제껏 고양이 새끼를 받아 본 적이 없었거든.

그때부터 얼룩이 옆에서 자기 시작했어.
뒷다리 상처로 목에 가림막을 하는 바람에

새끼를 낳을 때는 가림막을 얼른 빼줘야 했거든.

얼룩이 울음소리가 날 때마다
여러 번 잠에서 깼어.
바깥에 나가고 싶은지 밤마다 자주 울었어.

그런데 말이야.
이상한 일이 생겼어.
상처는 나아가는데
불렀던 배가 조금씩 홀쭉해지는 거야.

동물병원 가는 날
수의사에게 따져 물었지.
"임신이라면서요. 어떻게 된 거예요?"

수의사는 자기도 모르겠다며
걱정되면 초음파를 찍어보라는 거야.
어쩔 수 없이 초음파를 찍기로 했어.

얼룩이 배에 털을 깎고
초음파 기계로 배를 문질러 보더니
수의사가 뭐라고 말한 줄 알아?

"분명 임신인 줄 알았는데…….
상상임신 같네요."

수술 중이다

 길고양이 중성화 수술에 대해 줄곧 고민이다.
아는 수의사가 있어 길고양이 중성화 수술에
관해 물었더니 답장이 왔다.

 고양이는 새끼를 돌보는 기간이 짧아요. 새끼
가 살기 힘든 환경이니 중성화 수술은 해야 한
다고 생각해요.

 그의 답장을 읽으니 우리나라 현실이 보인다.
살기 힘든 환경이니 젊은이들이 애를 낳아서
기르고 싶을까?

 우리는 지금 중성화 수술 중이다.

흔적

마을 앞산에서 밤을 주운 다음 날
밤 주위에 밤벌레 똥이 수북하다
똥은 삶의 흔적이다
하루 내내 밤 겉껍질을 벗긴다
벌레 먹은 자국이 보이면
그곳을 큼직하게 떼어 낸다
욕심을 내면 밤벌레가 다친다
밤벌레가 살고 있는 떼어 낸 쪽은
자연에 돌려준다
삶의 흔적 이어가라고

남해 가는골에서 1

땀 흘리며 밭일을 한다

채식 밥상을 차린다

반찬은 한두 가지로 소박하게 먹는다

전기와 물을 아껴 쓴다

자동차는 일주일에 서너 번 쓴다

생활 쓰레기를 줄인다

길고양이와 먹거리를 나눈다

그리고

걸으며 밟아 죽인 생명을 위해

농사를 지으며 죽인 생명을 위해

한 달에 한 번은 집 밖으로 나가지 않는다

남해 가는골에 살면서

이렇게 마음먹었다

남해 가는골에서 2

거실에서 창문 바라보면

저 멀리 바다 보이고

부엌에 난 창문 열면

풀과 흙 내음 나고

이 층에 난 창문으로

뒷산에서 우는 새소리 들리고

선물

강원도 산골에 밤이 떨어지기 시작하면, 최성현 산골 농부는 산밤을 주워 아침으로 먹고, 점심으로 먹고, 저녁으로도 먹습니다. 날마다 밤을 먹습니다. 아내와 딸도 맛있게 먹습니다. 그런 최성현 산골 농부가 산밤을, 소중한 산밤을 작은 상자 가득 보냈습니다. 편지와 함께.

산밤을 조금 보내요. 작지요? 큰 것만 골랐는데도 그래요. 겉만 보고 고를 수밖에 없어 벌레가 나오는 밤이 있을 거예요. 산밤은 다 그래요. 사람만이 아니라 벌레도 먹어요. 산에 절로 나고 절로 자란 밤나무가 준 밤이에요. 저희는 줍고 상자에 담아 보내기만 하니 산과 밤나무의 선물로 알고 받으세요.

아침 인사

어느 겨울 이른 아침, 산 중턱에 사는

하동 어르신네 굴뚝에서

하얀 연기가 올라옵니다

우리는 어젯밤 잘 지냈다는 듯

하얀 연기가

몽글몽글 올라옵니다

믿거나 말거나 1

―참게 이야기

지난해 겨울부터 봄까지 심한 가뭄이 들었다. 집 앞 개울이 거의 다 말랐다. 간신히 큰 웅덩이 하나 남겨 두고. 개울을 살펴보니 마른 웅덩이에는 물고기가 팔딱거리고, 다슬기가 거의 다 말라간다. 마음이 짠해서 하던 일 멈추고, 물고기와 다슬기를 물이 겨우 남아 있는 큰 웅덩이로 옮겨 주었다.

그날 밤, 기적같이 큰비가 왔다. 밤새도록 내렸다. 비가 그친 다음 날 아침, 마당을 나서는데 깜짝 놀랄 일이 벌어졌다. 커다란 참게 한 마리가 계단 아래에 가만히 있다. 마치 날 잡아서 몸보신이라도 하라는 듯.

참게를 한참 바라보다가 참게를 집어 들고 개

울에 가서 놓아주며 말했다. "고맙지만 나는
채식을 해. 오래오래 살아라."

아마도 비 오는 날, 개울에 사는 동물들이 회
의를 열어 물고기와 다슬기를 살려준 나에게
선물을 주려고 이야기를 나눈 것은 아닐까?
그때 참게가 커다란 집게발 들고 나서며 말하
지 않았을까?

"내가 이 한 몸 바칠게."

믿거나 말거나 2
－무지개 이야기

참게를 개울가에 돌려보낸 그날, 점심 늦게 일어난 일이야. 푸른 하늘에 갑자기 먹구름이 잔뜩 몰려오는 거야. 조금 전까지 해가 쨍쨍했던 푸른 하늘이. 번개 천둥까지 치면서 비가 쏟아져 내렸어. 마치 멋진 공연을 보는 듯했어. 이삼십 분, 세찬 비가 쏟아진 뒤 먹구름 사이로 햇빛이 비쳤어, 오로라처럼. 아주 신비로웠지.

그러다가 아주 가까이 쌍무지개 생기는 거야, 신기하게도. 마치 무지개다리를 건너 하늘로 놀러 오라는 듯했어. 바로 집 앞에서 무지개가 시작됐거든.

한참을 멍하니 바라봤어. 어느새 무지개가 사

라졌지. 그러자 너무 안타까웠어. 뛰쳐나가서 무지개다리를 한번 건너가 볼 걸 하는 생각이 들었거든. 다시 그런 일이 생기면 무지개다리를 꼭 건너가 볼 거야. 나를 초대한 사람을 꼭 만나 보고 싶어.

삼동면 복지회관 목욕탕에서

머리카락 몇 올 없는

칠십 대로 보이는 사내가

어깨 잔뜩 움츠린 채

느릿느릿 따뜻한 탕에 들어가더니

한참을 소리 낸다

으으으흐 오오오호

어어어허 우우우후……

힘이 들어간 그의 삶에서

힘이 빠져나오는 소리 같아서

가만히 듣게 된다

이제는

가만히 보다가

남해로 이사한 첫해
오른팔을 많이 써서 팔꿈치에 탈이 났다

한의사는 팔꿈치 안쪽 힘줄에 염증이 생겨
꽤 오래 갈 거라고 한다

내 팔이라고 함부로 썼다가 탈이 났다
쉽게 낫지도 않는단다

아픈 팔꿈치를 가만히 보다가

한참 탈이 난 지구가 생각났다
쉽게 낫지 않을 지구가 생각났다

남해 옥수수빵 가게 '콘이, 코니' 1

옥수수빵 가게 '콘이, 코니'는
커다란 은행나무 일곱 그루 나란히 서 있는
남해 삼동면 삼동초등학교 맞은편에 있다

천구백육칠십 년대, 어렵게 살던 때
초등학교에서 나눠줬던 그 맛 나는
옥수수빵을 판다

옥수수빵 가게 '콘이, 코니'가
손님이 많은 늦가을에 일주일 내내 문을 닫았다
짧게 쓴 글 붙여 놓고

이번 주는 쉽니다.
옥수숫가루 보내는 강원도에서
옥수수가 고추에게 방앗간을 양보해

어쩔 수 없네요.

남해 옥수수빵 가게 '콘이, 코니' 2

친하게 지내는 이웃이 하는
옥수수빵 가게 '콘이, 코니'에서
바쁜 주말에 품을 팝니다

손이 많이 가는 옥수수빵이라
쉬지 않고 굽지만
바로바로 팔립니다

빵 나오기까지 몇 분이 남지 않으면
손님들은 옹기종기 모여 앉아 기다립니다

-옛날에는 한 반에 칠팔십 명이 넘었는데
정말 정신없었어요.
-맞심더. 아침반 점심반이 있었다 아입니꺼.
-옥수수빵 급식받으면 동생들 주려고 안 먹고

몰래 가져가는 아이들도 많았어요.
-도시락 싸 온 애들은 옥수수빵을 안 주가
지고, 을매나 먹고 싶던지.

옛 추억은 몽글몽글 떠오르고
옥수수빵은 노릇노릇 익어갑니다

나는

배춧잎 딸 때는 뒷면을 살핀다
어쩌면 살려줄 애벌레 붙어 있지 않은지

사람을 만날 때는 뒤에 놓아둔 마음을 살핀다
어쩌면 남모를 아픔 놓여 있지 않은지

3부

꽃피는학교에서

눈인사

꽃피는학교 출근 첫날
나를 소개하는 자리

구멍 난 양말을 신은 아이에게
눈길이 간다

구멍 사이로
해맑게 삐져나온 엄지발가락

살며시 눈 마주치며 인사한다
안녕, 엄지발가락

*꽃피는학교는 경상남도 양산 덕계에 있는 대안학교다. 대전과 하남에도 있다.

꽃피는 학교

양산 덕계종합상설시장을 지나

무지개폭포 가는 길에 있는

내가 일했던 꽃피는학교는

자연이 선생이고 학교다

참말로 꽃피는 학교다

아이들과 나

꽃마리

산딸기

고라니

땅벌

도마뱀

날다람쥐

1학년부터 5학년까지

담임으로 함께 한 아이들

토마토

강아지

가재

안타깝게 끝까지

함께 하지 못한 아이들

그 아이들과 함께한

나는

참새입니다

* 꽃피는학교 초등과정은 5학년까지였다. 6학년부터는 중등 과정에 속
했다. 2022년부터 꽃피는학교(양산) 초등과정은 6학년까지로 바뀌었다.
3학년 때 농사 공부를 하면서 이름 대신 자연에서 딴 이름을 서로 불
렀다.

돌아가는 길

꽃피는학교 일하러 갈 때

가까운 큰길 놓아두고

멀리 돌아가는 논둑길 걷는다

세상이 나아갈 길

있나 싶어서

동생 태어난 날

꽃마리 여리가 1학년 때
동생이 태어났다
산파가 도와 집에서 태어났다
갓 태어난 동생을 보고
여리가 글을 썼다

아기가 태어나 기쁘다.
참 신기하다.
아기가 태어나 속이 시원하다.
생각보다 작다.
아기 머리가 감자 같다.
태어나자마자 손가락을 빤다.
아기 손톱이 작다.
아기가 소리 지를 때마다 오리 소리다.

틀린 글자 찾기

1학년 아이들을 위해
우리말 공부 자료를 만들다가
한참을 들여다본다

기역 니은 디귿 리을 미음 비읍 시옷
이응 지읒 치읓 키읔 티읕 피읖 히읗

기윽 니은 디은 리을 미음 비읍 시옷
이응 지읒 치읓 키읔 티읕 피읖 히읗

* 1443년(세종 25년)에 만든 한글 닿소리(자음)는 홀로 소리를 내지 못해 홀로 소리 낼 수 있는 홀소리(모음)를 빌려 그 소리를 낸다. 1527년 어문학자 최세진이 쓴 어린이 한자 학습서 '훈몽자회'에서는 한자의 소리와 뜻을 빌려 우리말을 기록하던 '이두'를 써 닿소리 8자(ㄱ~ㅇ)의 소리를 소개했다. ㄱ(基役, 기역)은 '윽'에 맞는 한자가 없어 '役(부릴 역)'의 소리를 가져다 썼다. ㄷ(池末, 디(지)귿)은 '읃'에 맞는 한자가 없어 '末(귿(끝) 말)'의 뜻을 가져다 썼다. ㅅ(時衣, 시옷)은 '읏'에 맞는 한자가 없어 '衣(옷 의)'의 뜻을 가져다 썼다. 우리나라는 오래전부터 훈몽자회를 따랐고, 오랫동안 써왔다는 까닭으로 '기역, 디귿, 시옷'을 지금까지 쓰고 있다. 북한에서는 규칙성을 우선하여 '기윽, 디읃, 시읏'을 쓴다. 우리말 관련한 몇몇 단체에서는 '기윽, 디읃 , 시읏'으로 바꾸자는 목소리를 오랫동안 내고 있다.

한글을 만든 세종은 어떻게 생각할까?

꽃피는학교에서는 초등 1학년 때부터 우리말을 가르친다.

소원

춘분 14일째
학교 앞마당에는 벚꽃 잎이
바람에 흩날립니다

소원을 이루어 준다는
벚꽃잎을 잡으려고
아이들은 두 팔 벌려
이리저리 쫓아다닙니다

나도 아이들 무리에 섞여
힘들게
힘들게
꽃잎 한 장 잡습니다

잡은 꽃잎, 꿀꺽 삼킵니다

그 소원

깊숙이 삼킵니다

전학 첫날

 지완이를 부르는 다른 이름은 땅벌이다. 지완이는 2학년 가을에 전학을 왔다. 전학 온 첫날 밖으로 시를 쓰러 나갔다. 논둑을 걷는데 앞선 아이들이 비명을 지르기 시작했다. "으악, 으악!" 아이들은 손과 몸을 마구 흔들며 논 옆 큰길로 뛰었다. 맨 뒤에 걷던 나는 깜짝 놀라 아이들을 쫓아가며 소리쳤다. "무슨 일이야, 애들아?" 아이들 울음소리가 얼마나 컸던지 학교에 있던 선생님들이 우르르 뛰어나왔다. 자세히 보니 아이들 둘레로 여러 마리 땅벌이 보였다. 군대에서 수십 마리 땅벌에 쏘인 기억이 떠올라 아이들을 쫓아온 땅벌을 손바닥으로 잡기 시작했다. 다른 선생님들도 도왔다. 땅벌이 모두 사라진 뒤, 땅벌에 쏘인 아이들은 엉엉 울었다. 놀란 지완이는 서럽게 소리쳐 울었다. "엄마! 엄마! 이 학교 안 다닐래. 엄마 오라고 해요! 으앙으앙!" 지완이는 아침 내내 엄마를 찾다가 내 다리를 베고 잠이 들었다. 점심밥 먹기 전에 아빠가 와서 지완이를 데려 갔다.

 3학년 때 농사 공부를 하면서 이름 대신 자연 에서 딴 이름을 서로 부르기로 했다. 지완이는 땅벌을 골랐다. 왜 하필 땅벌이냐고 물었다. 지완이는 씩씩하게 대답했다. "끔찍했던 기억 을 이겨내 보려고요."

현충일

왜애애애앵 왜애애애앵……

현충일 아침, 사이렌이 울립니다
아이들에게 사이렌이 울리는 까닭을 알려주고
잠시 자리를 비웠습니다

사이렌 소리가 멈추고
한참이 지났는데도
시끄러워야 할 교실이 너무 조용합니다

무슨 일인가 하고 교실로 갔더니
재현이가 작은 목소리로 묻습니다
“선생님, 사이렌 멈추면 이야기해도 돼요?”

크게 웃으며 대답했습니다

"푸하하, 이야기해도 돼."

입 다물었던 아이들이 그제야 소리칩니다
"거봐, 된다잖아!"

아이들의 맑은 얼굴 바라보며
다시 한번 더 큰 소리 내어 웃습니다

창밖 나뭇가지 위에서 쉬던 새들이
깜짝 놀라 포르르 날아갑니다

* 꽃피는학교(양산)에서는 아이들 흐름 살이를 위해 화, 수, 목요일이 공
휴일이어도 학교에 간다. 대신 여름과 겨울에 긴 방학을 보낸다.

머털이

경칩 9일째 유난히 더운 봄날, 텃밭에서 농사 공부를 끝낼 때쯤이었어요. 텃밭 너머에서 까마귀와 까치가 떼 지어 우는 소리가 들렸어요.

아이들과 함께 달려가 보니 커다란 나무 아래에 까마귀와 길고양이가 마주 보고 있었어요. 나무 위에는 까마귀와 까치가 몰려와 쉴 새 없이 울어댔어요. 동무 까마귀를 도와달라고 하는 것 같았어요.

아이들이 달려가 길고양이를 쫓아냈어요. 길고양이는 도망갔지만, 까마귀는 날개를 다쳤는지 날지 못했어요. 길고양이는 도망가면서도 아쉬운 듯 여러 번 돌아봤어요.

가까운 곳에는 야생동물 구조하는 데가 없어 시청에 전화했어요. 그 일을 맡은 사람이 까마

귀는 흔한 새라 도울 수가 없대요. 그 말을 들
은 아이들이 소리쳤어요. "선생님, 우리가 구
조해요!"

　일할 때 쓰는 장갑을 끼고 까마귀에게 다가갔
어요. 까마귀는 처음 만지는 거라 가슴이 쿵쾅
거리고 손이 떨렸어요. 처음에는 까마귀가 이
리저리 도망을 갔어요. 그래서 봄바람처럼 부
드럽게 속삭이며 살며시 다가갔어요. "괜찮
아, 괜찮아, 낫게 해 줄게." 까마귀는 내 말을
알아들은 듯 가만히 내 손길을 받아줬어요.

　다음날, 학교에 있는 모든 아이가 모여 까마
귀가 지낼 작은 집을 지었어요. 일이 학년은
나무 막대를 나르고, 사오 학년은 톱질을 했어

요. 선생님은 망치질을 했고요. 삼 학년은 여기저기 뛰어다니며 도왔어요. 까마귀는 오 학년이 돌보기로 했어요. 머리에 깃털 하나가 길게 나서 '머털'이란 이름도 지어줬어요. 아이들은 오 학년 교실을 떠날 줄 몰랐어요.

닷새 뒤에 머털이가 새장 안에서 까악까악 울며 날갯짓을 했어요. 날개가 크게 다치지 않아 빨리 나았나 봐요. 다음 날 아침, 모든 아이가 학교 앞마당에 모였어요. 머털이를 자연에 돌려보내기로 했거든요. 머털이는 문을 열었는데도 나오지 않고, 새장 안에 가만히 있었어요. 한참 뒤, 머털이는 천천히 새장에서 나오더니 힘차게 날갯짓했어요. 하늘 높이 날아올랐어요. 아이들은 크게 소리치며, 손을 흔들고 또 흔들었어요. "잘가, 머털아!"

　머털이는 아이들 머리 위를 크게 한 바퀴 돌고 나서 뒷산 너머로 날아갔어요. 아이들 소리도 함께 따라갔어요.

머털이의 선물

머털이가 자연으로 돌아간 다음 날인
3월 21일 이른 아침에

양산 덕계에는 몇 해 만에
아주 큰 눈이 내렸어요

머털이가 머물던 새장 위에도
하루 내내 내렸어요

머털이가 아이들에게 보내준
새하얀 선물이에요

씨앗

농사 공부 첫날
작은 배추 씨앗을
3학년 아이들 손에 몇 알씩 올려줬다

씨앗을 받은 여리가 물었다
"이 조그만 씨앗 안에
어떻게 생명이 들어 있어요?"
다른 아이들이 눈 크게 뜨며 말했다
"그러게, 진짜 신기해!"

나는 지금까지도
신기하단다 아이들아
지금까지도

학교 앞 도로에서

아침에 논으로 가다가
죽은 뱀을 만났습니다
재현이와 윤성이가
도로에 납작하게 붙은 뱀을 떼어 내
자연에 돌려줍니다

그 모습 기특해
사진을 찍으려고 하니
윤성이가 말리며 말합니다
"사진 찍으면 죽은 뱀이 기분 안 좋잖아요."
지수와 하람이가 말합니다
"다음에는 사람으로 태어나라."

오늘도 아이들에게 배웁니다
사람이 되는 길을 배웁니다

사람답게 살아가는 길을 배웁니다

벼 털던 날

따가운 가을 햇살 아래
파도논에서 벼를 텁니다

옛날 옛적에 썼다는 홀태 대신
포크를 써 열심히 낟알을 훑습니다

"산이 참 예뻐요!"
도연이가 논을 둘러싼
울긋불긋 물든 산을 바라보며 말합니다

우리는
포크를 가만히 내려놓고

어느새
가을빛으로 물든 산을 바라봅니다

그때서야 먼 산에서 우는 산새 소리

들려옵니다

할머니 냄새

작은 절구로 찧어

낟알 껍질을 벗긴 지

나흘째 되는 날

1학년 여자아이가

교실 문을 살며시 열고

빼꼼히 얼굴 내밀며 말합니다

"할머니 집 냄새나요."

밥도둑

아이들과 함께 따서 만든
찔레순과 머위잎 장아찌
아이들 밥 위에
하나씩 놓아 줬어요

밥을 먹는데 재현이가 소리쳤어요
"선생님, 너무해요!"
"뭐가 너무해?"
"너무 맛있어서 밥이 금세 사라졌어요."

다른 아이들도 소리쳤어요
"내 밥도 사라졌어요."
"내 밥도요."

행운

노래 부르는 영어 선생님 이내샘과
아이들 영어 공부하는 것에 대해
이야기를 나누는 날입니다

이야기를 끝내고
이내샘이 말합니다
"선생님은 정말 운이 좋으세요.
이런 아이들 담임이 되셨으니."

이날에서야 알았습니다
아이들이 참 예쁘게 자라고 있는 까닭이
내가 좋은 선생님이어서가 아니라
내가 좋은 아이들을 만나서란 걸

4부

마음이 흐려도 좋은 까닭

행복은

아침 점심 저녁

봄 여름 가을 겨울

늘 맴도는 쳇바퀴에

숨어있다

달라도 닮아도

나와 참 많이 달라도

왠지 반가운 이가 있어

모자란 점 조금씩 채우게 되고

나와 참 많이 닮아도

왠지 불편한 이가 있어

안 좋은 점 조금씩 비우게 되고

황금알을 낳는 거위

누구나 태어날 때
황금알을 낳는 거위 한 마리씩
가지고 태어난다

하지만,

오래도록
황금알을 낳는 거위의 배를 가르지 않고
거위와 함께 살아가는 이는
드물고
드물다

애쓰지 않아도

애쓰지 않아도

추운 겨울 지나면 따스한 봄 찾아오고

애쓰지 않아도

캄캄한 밤 지나면 환한 아침 찾아오고

애쓰지 않아도

숨은 절로 쉬어지고

덕분에 하루하루 살아가고

첫사랑은

달과 같아서

마음을 조금씩 비우고 나면

다시 살며시 차오른다

첫사랑은

달과 같아서

돌고 돌아서

지구는

날마다 시속 1,660킬로미터로 돌고

해마다 태양 둘레를 시속 110,000킬로미터로

돈다

지구에 사는 우리는

엄청난 속도에 적응되어

세상이 미쳐 돌아도

모른 채 살아간다

시가 찾아오는 속도

3월 마지막 금요일, 합천 담쟁이 인문학교
'삶을 가꾸는 글쓰기 반' 이 열리는 날

80km 밑으로 달려야 하는 왕복 사 차선 길가에
하얀 벚꽃이 흐드러지게 폈다

앞차는 벚꽃 구경을 하는지
50km로 천천히 달린다

나도 앞차를 따라
흩날리는 벚꽃잎 바라보며 천천히 달린다

어쩌면

시 한 편 찾아올지 모르겠다

하얀 벚꽃을 닮은 시 한 편이

그 봄날

세월호, 그 봄날
잊지 않겠다는 내 마음 믿지 못해
왼쪽 팔뚝에 새겼어요

2 0 1 4 0 4 1 6

멀고 먼 길

세월호 참사 10년이 지난

2024년 4월 봄볕 따스한 어느 날

한참을 주저하다

이제야 그대들에게 처음 가는 길

꾸불꾸불

두근두근

남해에서

진도 팽목항 가는 길

먼지

방 안에 내려앉은 먼지처럼, 우리는

지구에 잠시 내려앉아 살고 있다

먼지

그 아이

　우리 윤후가 학교 운동회에서 반 대표로 이어 달리기에 나갔어요. 마지막 선수로 나가서 지고 있는 경기를 역전 시켜 1등을 했어요. 우리 아들이 너무 자랑스러워요.
　축하드립니다. 윤후는 이 기억으로 10년 아니 평생을 살아갈지 모르겠네요.

　KBS 라디오 '출발 FM과 함께'에서 아나운서가 어느 청취자가 보낸 사연을 읽어 준다. 가만히 듣다가 문득 마지막 한 바퀴를 남기고 역전을 당한 아이가 떠오른다. 1등 한 윤후의 등 뒤에서 오랫동안 고개 푹 숙이고 있었을 그 아이.
　하루 내내 그 아이가 내 옆에 앉았다.

간장 종지 1

내 마음은
간장 종지만 하다

소중한 한 사람만으로도

꽉
찬다

간장 종지 2

간장 종지만 한 내 마음에
가득 찬 욕심은

비워도
비워도
끝이 없어요

균형

아버지는 자꾸 오른쪽 끝으로 간다

그런 아버지 바라보며 나는 조금씩 왼쪽으로 간다

세상이 한쪽으로 기울까 봐서

벌초

죽은 사람 위해서

산 풀들이 죽는 날

부작용

7,200년을 살았다는 조몬삼나무가 있는 야쿠섬
에서
농사짓고 글 쓰며 살다 간 야마오 산세이의 책을
함부로 읽으면 안 된다

아침에 일어나면 해님에게 인사하고
잠자기 전 달님에게 인사하고
흐르는 앞개울에 인사하고
많은 것에 인사하게 된다

야마오 산세이의
책을 읽으면

큰 용기

오랫동안 걸어온 길

잘못 가고 있구나 싶어서

다시 돌아갈 수 있는

마음이 흐려도 좋은 까닭

마음이 잿빛 하늘처럼
우울할 때 있잖아

씨앗을 심고
비를 기다리며 알았어

가끔은 흐려져 비가 내려야
마음에 심은 씨앗도
싹이 튼다는 걸

오늘부터

자연을 살려야지 하는
꾸미는 말보다

자연을 덜 해쳐야지 하는
솔직한 말을 써야겠다

시인의 산문

시인의 산문

단군신화에 나오는 곰처럼

아이들은 하늘에서 무지개다리를 건너 부모에게 내려왔다. 하늘에 있던 아이들은 서서히 땅으로 내려와 단단한 땅을 딛고 자신을 찾으며 살아간다.

꽃피는학교에서는 이러한 아이들 발달 단계에 맞는 놀이와 공부를 한다.

초등 3학년 때는 하늘에서 내려온 아이들이 땅을 딛는 때라 여긴다. 그래서 단단한 땅에 제대로 서서 뿌리 내리는 것을 배우기 위해 농사를 짓는다.

나는 될 수 있으면 제대로 된 농사를 짓기 위해 많은 고민을 했다. 그리고 단단한 기준을 한 개 정했다.

'자연을 덜 해치는 방법으로 농사를 짓는다.'

자연을 덜 해치는 방법으로 농사를 짓기 위해
1년 전부터 자연농에 관한 공부를 했다. 우리
나라에 자연농을 처음 소개한 최성현 산골 농
부를 찾아가 만나기도 했다. 강원도 산골에 있
는 그의 논과 밭에는 평화가 가득했다.
 자연농은 세 가지를 중요하게 여기고 지킨다.
-땅을 갈지 않는다.
-벌레와 풀을 적으로 여기지 않는다.
-하늘에 따르고, 맡긴다.

 논농사를 짓기 전에 아이들과 많은 이야기를
나눴다. 뭔가를 결정할 때마다 아이들과 미리
이야기를 나누고 함께 결정했다.
 모든 농사는 씨앗에서부터 시작하기로 했다.

메마른 작은 씨앗에서 초록빛 생명이 자라나
는 경이로움을 아이들과 함께 느끼고 싶었다.

 입하가 지날 무렵, 못자리를 만들어 볍씨를
뿌렸다. 새들이 볍씨를 쪼아 먹지 못하도록 얇
게 쪼갠 대나무 가지를 꽂았다. 대나무 바구니
를 엎어 놓은 것처럼.
 아이들은 날마다 못자리 앞에 서서 리코더를
불렀다. 아이들이 직접 만든 노래다. 꽃피는학
교에서는 1학년 때부터 리코더를 배운다.

파도논에 모들아 더욱 푸르러지렴
우리들의 모들아
해님 비님 축복 받으며 잘 자라라
잘 견디며 자라라

못자리에서 40일 정도 지나면 모가 한 뼘 넘

게 자라면서 가지 개수가 늘어나기 시작한다. 이때 모내기를 하면 된다. 모내기를 하려면 먼저 모찌기를 해야 한다. 못자리에서 모를 조금씩 뽑아서 하나씩 떼어 내는 것을 말한다.

모내기가 끝나면 이제 모는 이름을 바꾼다. 볍씨가 드디어 벼가 되는 때이다.

벼가 적당히 자랄 때면 아이들과 함께 맨발로 저벅저벅 논에 들어가 풀을 돌봤다. 그러다가 거머리에 물리기도 했지만, 아이들은 개의치 않았다.

벼가 무럭무럭 자라서 벼꽃이 폈을 때 처음으로 벼꽃을 자세히 봤다. 정말 신비로웠다. 햇볕 따스한 날, 작고 작은 꽃 하나하나가 가루받이가 끝난 뒤 살며시 껍질을 닫고 서서히 쌀 한 톨이 된다.

한로가 지나면서 벼 이삭은 황금빛으로 물들

고 고개를 숙인다. 이때 벼를 베면 된다. 벼를
베기 전에 아이들은 논 앞에 서서 직접 만든
노래를 불렀다.

우리 벼들이 황금빛이 되면
가을걷이를 할 때가 되겠지
아름답게 물들어라 황금빛으로
반짝반짝 빛나거라 파도논 벼들

황금빛 벼들아 가을걷이하면
나의 마음이 아플 것 같구나
황금빛 벼들아 고맙고 미안해
파도논 벼들아 널 잊지 않을게

아이들은 낫으로 벼를 베어 볏덕에 널었다.
벼를 널어 두고 많은 고민을 했다. 이삭에서
낟알은 어떻게 떼어 내고, 떼어 낸 낟알은 어

떻게 껍질을 벗길지. 전기를 쓰지 않고 끝내고 싶었다.

전기가 없던 때에는 어떻게 했을까? 홀태로 낟알을 떼어 내고, 방아로 찧어서 낟알 껍질을 벗겼다. 홀태는 젓가락을 닮은 가락홀태와 빗을 닮은 손홀태가 있었다.

처음에는 나무젓가락으로 만든 가락홀태와 손홀태를 닮은 머리 빗는 빗으로 낟알을 떼어 냈다. 하지만, 낟알을 떼어 내기 어려웠다.

그 모습을 본 한 학부모가 포크를 써보면 어떻겠냐고 권했다. 포크는 쇠로 만든 손홀태인 셈이다. 다행히 낟알이 아주 잘 떼어졌다. 포크 덕분에 3일 만에 벼 이삭을 다 털었다. 떼어 낸 낟알은 모두 32.4kg이었다.

낟알 껍질을 벗기는 첫날에는 평평한 돌을 구해서 썼다. 낟알 한 줌을 돌 위에 올린뒤 다른 돌로 문질렀다. 생각보다 껍질이 쉽게 벗겨지지 않았다. 하루 내내 껍질을 벗겼는데 양이 얼마 되지 않았다. 다른 방법이 필요했다. 고민하다가 거의 집마다 하나씩 있는 작은 절구가 떠올랐다.

다음날, 우리는 아침부터 학교 마칠 때까지 작은 절구로 낟알을 찧었다. 공이로 찧기보다는 문지르듯 찧어야 한다. 하루 내내 절구질을 하니 어깨와 허리가 쑤셨다. 30kg이 넘는 낟알을 보니 눈앞이 캄캄했다. 끝까지 할 수 있을까 하는 생각이 절로 들었다.

다음 날 아침, 마음을 담아 아이들에게 물었다. 매우 힘들 텐데, 끝까지 할 수 있겠냐고.

아이들은 작은 절구로 끝까지 할 거라고 했다. 아이들의 단단한 대답에 나도 힘을 냈다.

10일 동안, 우리는 하루 내내 절구질을 했다.

절구로 찧은 낟알은 종이에 올린 뒤 입으로 불
어서 부스러기를 날렸다.

　껍질을 벗겨낸 쌀은 모두 23.6kg였다. 껍질
만 벗겨냈으니 현미다.
　이날이 11월 22일이었다. 1이 두 개, 2가 두
개 있는 날. 우리는 다시 태어난 기분이 들어
서 이날을 모두의 생일로 삼기로 했다.
　우리는 단군신화의 곰처럼 새로운 사람으로
다시 태어났다.

유진 동시집

안녕, 엄지발가락

―――――

2025년 07월 09일 초판1쇄 발행
지은이 유진 **펴낸이** 김성민 **기획위원** 장옥관 **편집디자인** 김경자

펴낸곳 도서출판 브로콜리숲 **출판등록** 제2020-000004호
주소 41743 대구광역시 서구 북비산로 65길 36, 2층 **전화** 010-2505-6996 **팩스** 053-581-6997
홈페이지 www.broccoliwood.com **인스타그램** broccoliwood_ **전자우편** gwangin@hanmail.net